迷失者的行踪

张新颖 著

上海文艺出版社

题

记

《迷失者的行踪》共十七篇,一九九一年四月到一九九二年五月间,集中写了其中的十三篇,之后我就研究生毕业了。研究生宿舍在复旦新建的南区,我们大概是第一批住进去的。我在宿舍一角发呆,写这些莫名其妙的文字,零碎发表时,有的刊物放在小说栏,有的放在散文随笔栏;我的一个同学半真半假地说,应该当成诗。我自己一点也不在意被归在哪一类,只是沉浸在"迷失"的古怪激情里,试图用无所归属的文字,追蹑思绪的隐秘行踪。这种举动,比不上从虚空中捕风,感受却还是有一些相通。

黄德海向李伟长提议出版,我因此翻检出来,隔了三十多年,自是不无感慨。怀念那时候孤独而充沛的茫然之力,以涂鸦般的自由写作,留下丝缕断续的精神踪迹,或清晰或晦暗的青春图景。

二〇二四年五月二十五日

目 录

题记 001

秋夜 001

伤逝 011

罪过 023

绝缘 031

城堡 041

穿越 051

每天 059

圣诞 071

后身 079

房间 089

无题 097

红绿 105

失踪 119

阴谋 131

体操 141

投江 147

谣言 161

树木的种子（代后记）

黄德海 183

秋夜

黑暗并不在乎它是否公正,它淹没了我,淹没了我坐着的那块巨大的褐色石。

我和褐色石是虚空,是不存在。风从我身体和褐色石的每个部分穿过,丝毫不受阻碍。露水通过我的身体,再通过褐色石,在石头之下聚集起来,它们像小小动物一样灵巧地爬到一块儿。我是虚空,但我绝不轻飘，我一动不动，如我座下的巨石。我的眼睛也一动不动。

我眼前的地方是黑暗偏爱的风景，它允许它显出轮廓。没有什么，有一棵树，孤零零，任无数碎小的叶子斜斜落下。落叶并不十分真切，但按照惯例可以想象成枯黄的。

轮廓内忽然涌进一批人，激动地呼喊，手舞，足蹈。树停止飘落碎小的叶片，如人屏住呼吸，直至那批人形动物呼啸而去。

重归寂静的时刻，轻轻走来一个瘦小的孩子，在树前，盘腿坐下。每夜一样的情景又将重现，我与褐色石甘愿让黑夜变成虚空，只为做一双永不背叛孩子的沉默的眼睛。只为拥有一份永不出示的证据，为孩子的鲜血。

孩子开始无声地祈祷，于是我与褐色石看见一股细细的血流输进树干，随着年轮旋转上升，到每一条细枝，到每一片叶子细细的脉络。

碎小的叶子不再飘零，呈现出它们春天的颜色，散发出春天的气息到我与褐色石这边来。

黑暗反而使这一幕景象无限清晰。黑暗也许只是为了成全我与褐色石，黑暗让我与褐色石完成作为一双眼睛的使命。

孩子悄无声息地走，正如他悄无声息地来。

但我与褐色石一动不动。

珺走来，与我并肩坐下，手放

在我手上。她习惯了在这样的时刻不和我说话。我感激她的沉默。

突如其来地树全身闪亮,刺眼的白光转瞬即逝;未几又重现一次,再一次。

这意外使我不寒而栗,不祥的预感在我与褐色石之间穿梭往返。

但是,珺,你该回去了。

珺听到我心里的声音,从我背后消失。

黎明之前,一个枯槁无力的男

人走来，费力地锯那棵孤零零的树。

他是一个父亲。褐色石用难以忍受的沉默告诉我。

曙光初现时分，树慢慢地倒下，锯口处，流出殷红的树汁，流过来，浸湿了我的脚，浸湿了褐色石。褐色石下如小小动物一般爬到一起凝聚起来的露珠与血相融，而使自己消失于无形。那棵树，在没有什么从它流出来时，也变得无形。

我与褐色石眼前只是一片空地，

什么也没有。

一九九一年十二月五日

伤

逝

祖父三十五岁的时候已经是声名显赫的一流学者了，就在这一年，一本意想不到的书却使他从此默默无闻，销声匿迹。

那是一本收集了有关乌提文化研究的"大全"，著者有五十三人之多，且聘请了乌提两位文化名人做顾问，名字印在封面中间靠上部位，醒目如两道鲜血淋漓的伤口。书是祖父在社交场合偶遇的一个中年人送给他的,他是编纂此书的主要负责人之一,用今天的话,可以叫作"主编"。像往常接到任何赠书一样,祖父把它随意往角落里一扔,等哪天有学生来坐,再转送出去。

黄梅雨季一个异常阴郁的下午,祖父在书房里心神不宁(这是从未有过的事),就停下正在撰写的文章,随手拿起那本书,翻了一翻。忽然一个事实上的错误跳入眼帘,让祖父有些恼火，他拿起红笔在那儿狠狠地画了一道直线做标记。接着书页上出现第二道狠狠的红线，接着第三道，第四道。祖父暴跳如雷，又把书狠狠地扔回角落。

乌提岛尽管历史悠久，但文化的主体却是一批几百年前避难去的移民造就的，虽然近年乌提经济上的跃进非常惊人，但游离者无根心态的过度敏感使乌提文化一直摆脱不掉刻骨铭心的自卑。说起来比较奇怪，乌提文化研究在此地的兴起，全是靠一帮不学无术的乌合之众的乱起哄，包括那个送书给祖父的家伙。祖父自然对这帮人不屑，但区别于正统学界的一般态度，他并不因此连乌提文化也不瞧在眼里，相反却潜心于此甚久，只是从未公开研究成果。我想祖父是怕学界把他和那帮人混为一道。

祖父在书房里走来走去，内心的极度焦灼，从急促的呼吸里也可以看出来。后来，他终于坐下来，平静地拾起那本书，翻开第一页，从第一行字开始改起。

祖父从此就不再是一个自由的人，他被层出不穷的错误缠住，他每天同它们搏斗得精疲力竭。短暂的睡眠之后，另一天的搏斗又开始。

祖父最感头疼的是要对付那些乌提专家实用主义的幻想，比如，乌提建筑中普遍存在的平行于地面的方形板，从建筑中间伸出，上面有九百至上千个小方孔,纯为装饰而设,乌提专家却认为是专门用来充当鸟巢的。

另一方面,祖父又必须全力维护乌提文化特有的诗意传统和幻想崇拜,比如"蔷薇花的幻影"所包含的特殊的文化语义,被乌提专家指斥为愚昧和迷信。这样的无知和专断激起祖父痛心疾首的程度连我也能强烈感受到。

祖父七十五岁时死于书桌前,

乌提文化校勘工作只做完了五分之三。祖父八十诞辰暨逝世五周年之际，重印了他两本专著，初版了一本论文集，是他两个学生搜集汇编的；还印了一本旧体诗集，非卖品，由我们赠送他还健在的为数不多的几个亲朋好友。这些全是他三十五岁之前完成的。三十五岁之后，有人猜测他可能因为经受了某种打击或灾难而放弃了学术研究，也有浅薄之徒说他是江郎才尽。

我想我应该整理出版祖父的乌提文化校勘，使祖父的一生完整起来。在这过程中，我又萌生出做完祖父没来得及做的工作的念头。珺极力反对，可是"蔷薇花的幻影"的乌提文化迷住了我，对于错误的愤怒迷住了我。

珺说，对于错误，不是和它缠斗，应该远远离开它。

我充耳不闻。

等我从书页间抬起头，已经老

眼昏花,珺,一朵带枝的枯萎了的花,正斜斜地在我身边倒下。

一九九一年五月三十日

罪过

大家都很无聊,珺说讲个故事吧。我很少有机会和珺在一起,即使算上有旁人的时候也是。我从不拒绝珺的任何请求。

我七岁上学的时候跟一个叫芳的女孩同桌,两个人开始就别别扭扭,后来就背后互相说对方的坏话。我们两家是近邻,大人之间来往密切,所以对方淘气捣蛋的事知道得特别多。有一次我们在教室里公开吵了一架。我很害臊,觉得我应该是她的好朋友,而不是跟她斗。我气恼自己,不知道怎么都弄反了。

有一天不知是星期天还是别的原因,反正没上学。我一个人跑到田野里,坐在一口井边发呆。我从没入学时就学会了一个人偷偷发呆。井是口新井,刚挖了没几年,井很深,里边的水很浅,也很清,可以看到井底一枚两分钱的硬币。我就盯着这枚硬币，想的是什么早就忘了，也许什么都没想。

忽然感到阳光在硬币上跳了一下，是很快的一跳，接着就是轰轰隆隆的声音，我的身子下面空了，人向井里坠落。并没有落到底，我在半空停住了，大大小小的石头、土和沙子，擦身掉下去。我那时没想这下完了，只是闭紧了眼。

后来就很寂静，再后来就觉得

脚接触到很坚实的东西。睁开眼,才明白是井塌了,塌下的石、土、沙正好垫在脚下,人一点也没伤着,只是身上落满了尘土。我一动脚,看见一枚二分硬币,不知是不是井底那枚。是在我左脚下面,我总是先动左脚。

我回家后,见弟弟一个人坐在空空荡荡的屋子里玩爸爸的破手表。弟弟一抬头,说,小芳死了。小芳一个人沿公路边规规矩矩地走,开来一辆手扶拖拉机,不知怎么忽然就控制不住,撞过来。

那天是十二月十三日,七四年。中午我们家吃的是拉面。后来我一连发烧三天,半梦半醒说个不停,胡话连篇。

你说什么了?珺问。

不知道。我妈说,这孩子烧糊涂了。

讲完了?

完了。

那再讲一个。

好。

一九九一年四月二十八日

绝缘

我慢慢走上楼来，有一个奇怪的意象在眼前虚现一下迅速消失，我想，要发生点什么了。要去的那个房间门敞开着，里面人声嘈杂。在门口，我站住了，我看到一个暗红背影。

半年以后，我在路上碰到了她。我知道一定就是她。这次我才看见了她的脸。

我无数次虚构过这张脸，每当它逐渐清晰起来的时候就用心把它涂掉，重新再来。一次又一次，它显现的形象总是一样。它每显现一次，我的绝望与沮丧就加深一层，伤口再深一层。我对自己的想象能力失去了信心。珺的脸太实实在在因而变成了幽灵，它总能悄无声息地出现在我对暗红背影脸面的虚构与想象中。半年前，我突然决定用一张虚构的脸代替珺，可是珺使虚构与想象变质。

用实在的眼睛看清了她的脸才使我垮下来。她的脸与我虚构的那张脸几乎一模一样,除了嘴角一跳一跳的小动作。那时我没有吃惊,只是感到身体内部裂成三份,是慢慢地慢慢地裂,没有一点点的声音。我想这就是垮下来的感觉。我醒过神来的时候发现自己正得体地站在路边,一副悠闲与从容的样子。

下午我把自己关在楼角处的屋

里。凭窗而立，几株桃花——这是眼前的实景，我一直想达到一种与此相应的精神状态和境界；可现在，距离这样的心境是多么遥远。我用文字叙述我的抑郁，这是惯用的缓解心理焦虑的伎俩。我写了一篇叫《玻璃》的短文，设想一个男性在婚后的厌倦与绝望，他望着窗子，忽然想把玻璃击碎，他渴望听到那清脆的碎裂声，渴望看到自己手上冒出殷红的鲜血——看到自己流血，他会回到生活中，至少会一时可怜一下自己。"可怜"毕竟是一种心情，有这样一种心情，也是好的。他抬起右胳膊，往后抽，再向前猛力一掌。没有触到玻璃，正好这时响起了钥匙转动的声音，他妻子下班了。他对妻子微笑了一下。

　　第二天晚饭的时候我第三次看见了她，是在公共食堂的餐桌上，还有她的男伴。两个人一开始不知为什么闹别扭，没有几分钟又和好，一块儿大笑,笑声很突兀,且短促,引得众人纷纷扭头。我听见她对他说,她五六个月来经常产生幻觉,好像有个人一直在暗处窥视她。昨天下午,她在穿衣镜前试穿新衣,那个人出现在她背后,她从镜子里看到一张古怪的脸,很不清楚。她想又是幻觉,有点恐怖,就用手揪自己的头发,掐腿上的肉,又揉眼睛。镜里的人对她宽宏地笑了一下,她心里尖叫一声,颤抖着手要去擦拭镜面，手抬起来，还没伸出去，哗啦一声，镜子中间处掉下去有两只手大的那么一块。

他说，你要去看心理医生了。

她瞪了他一眼。他说，说着玩，急什么？

后来他们商定去找我们这一带一个有名的算命婆，算命婆还不到二十岁，红粉佳人，用自制的语言机科学操作，生意兴隆，见她需要提前两个星期预约。

算命婆是珺。

一九九一年五月四日

城堡

教授走进教室，眼睛不太自然，心里一惊一喜的变化太快，如窗外的飞鸟。怎么来听课的都是水做的，泥做的呢？水做的哄堂大笑。教授是泥做的，教授是红学专家。

但是，泥做的呢？

她当笑话讲当时的情境，我却被这个问题吸引住了。

泥做的呢？

你自己随便想嘛。

他们去了城市。

去了城市？这倒是个好主意——但是，不对，他们去的不是城市，你弄错了，是 Castle，城堡——你知道什么叫城堡吗？

我一脸茫然。她对我的茫然很不解。我慢慢地摇头，摇头是很吃力的动作，像是转轴快要锈死了。她伸出两根手指在我眼前晃了晃。

你知道这是几？

我被她手指晃动时带出的一道一闪即逝的白光震惊了,一脸出神入化的木然。

以后的日子我沉迷于城堡中。一想到它,就有春日傍晚摇曳嫩黄柳枝的微风拂面而来——就像这样,它显现在平常的事物和风景之中,我把我一向敞开的心灵之门关闭起来,我无需外求,我在一支烟、一杯茶、一只空空的信封和一小片单纯的白色中获得了至大至圣的快乐和满足,甚至无数狂热的冲动也尽含其中。若干年前珺送我的一只金表停了,长短三个指针重叠在一起,指向零。零是时间中最大的数字和最神圣的时刻。

那时候我最担心别人来打搅我,任何人,只要与我接触就是对我的侵犯。可是门还是被敲响了。这次看到她,我恍然悟到自己在现实中的悲哀,我无力关心别人,更无力被别人关心。普通人的后一种能力被严重忽略了，可是我觉出了它的伟大。

她说，你知道什么叫城堡吗？

她说，城堡区别于城市的特征在于它有圆形围墙。围墙是水做的，准确地说，水被砌在围墙当中，当然围墙很厚。水是最软弱也是最有破坏力的东西，水墙最危险因而最安全。从外面攻，却不敢把围墙攻破，围墙里的水是无限的，水是最好的兵将。

为什么围墙里的水是无限的？

水被砌进围墙里就成为无限的了。

我感觉到清流淌进心田似的快乐，我的表情还没把这种快乐反映出来，就发现了城堡与城市最大的区别：现在到处都是城市，城堡却消失了，从时空中实实在在地消失了。

她帮我把屋子弄整洁，也动了动那只表。珺送我的表又走了起来，它坚实的步履震断了我独属空间的四根支柱，在轰然倒塌的声音之后，城堡从这最后的角落里消失了。

一九九一年五月十三日

穿越

穿越整座城市,从东北角到西南角,大约近三个小时。那一年我十五岁,每月双周的星期天去看她。我们两个,都又瘦又小,缩进城市两个最偏远的角落,不健康的样子里面也在成长,别人和我们自己都觉察不出来。我们只不过是两颗肮脏的、小小的黑点,针眼那样大的黑点。

电车沉闷地摇摇晃晃,街景是

放了一万遍的冗长纪录片，模模糊糊，时常有刺眼的斑点下雨般地闪亮。总是，去的时候看左边的街道，回来时是右边。

到了那里，她总是先给我一支很大的雪糕。这个城市，冬天也买得到雪糕。这个习惯使我觉得在其他任何时候都不该吃这种东西，真的，我就那样做了。

然后是一阵狂乱的搂搂抱抱。回想起来，搂搂抱抱也许并不重要，重要的是狂乱。还有什么？在单调、窒息、无助的成长过程中，狂乱是我们心中唯一的亮点，唯一的，它支撑着成长。有了狂乱，就够了。这时候，泪水慢慢滑过我们苍白的面颊，也慢慢变得污浊起来。

夏夜被闷热和蚊子围困。她坚持亮着那盏日光灯，她害怕黑暗，像哭夜的孩子。她从来就是待在阴暗潮湿的小屋里生长的，生长，如一棵纤细的植物。可我终于厌烦了这种恐惧，厌烦了，又愤怒起来。但我没去拉灭灯。听着飘进窗来的乘凉人断断续续的声音，居然平心静气地愉悦起来。

但我还是决心要走了，离开这座城市，它给我的感觉太阴暗了。我宁愿放逐。

许多的事情一拖再拖。

许多的心情一坏再坏。

唯一的爱情不能重新再来。

分别的时候根本就忘记了伤心，

我一心一意编造借口快点结束这必有的分别。

但从分别里节省出来的时间全废了，我竟然没赶上火车。这让我吃惊。从这时起我有了一个固执的念头：什么事，做一次总是做不成的。

她用英语给我写了许多信。用英语，不是孩子式的新奇，而是她习惯了英语，英语给了她毫无障碍表达时的畅快心理感受。她的汉语总是词不达意，从小就是这样。

我不能再去看她了。一颗肮脏的、针眼大小的小黑点游移到更远的地方的一个角落里，留下另一颗，守着阴暗潮湿的小屋。

时常，有一些曲里拐弯的字母，手拉手排着队，在两颗黑点之间，从这颗，到那颗，如无边黑暗中一根接一根划亮的火柴，跳着又伤心又欢快的舞蹈。

一九九一年六月三日

每

天

每天我踏着树梢回家，疲惫，快乐。世上只有为数不多的家了，而我拥有一个。另外我只知道还有一个巫婆也有一个。一次琳去拜访她，手里拿一只鸡蛋，出来的时候，变成了一朵娇美无比的花，我的眼睛闪亮了，我知道这是怎么回事，可是琳不明白，她甚至很气愤鸡蛋稀里糊涂就没有了。花是这个时代为数不多的家的唯一象征，家里有了这朵花，完整的关系就建立起来了。

但是那么那么多的人流离失所，然而，他们都很快乐，比我快乐得多，还嘲笑我的忧郁。

忧郁是一种病。高兴的时候琳就对我重复这句话。

每天，我又必须从家里走进吵吵嚷嚷的人群。这条路是众人的路，在坚实的地面上，我走起来无比艰难。只有这条路才通向人群,不像回家的路,在树梢之间,属于我一个人所有。别人都不曾想象树梢间有路。

下雨的日子我就和琳待在一起。我们玩马札儿牌的游戏。马札儿牌没什么意思,但玩起来有瘾,就像抽烟,还像生命(我的一位乔姓朋友在一本只为少数人看的词典里就是这样给"生命"注解的)。那一天雨少见的大,我就说,不玩牌了。

也好。

我给你读一首诗:《加力布露斯》。

不要诗。你讲故事。

诗。

故事。

现在是故事的时代,诗是一种酸牙的东西,它可以治牙疼。

亲爱的加力布露斯

而那激动的音响　在冷漠的大气中终归流散

就使我沿着旧路　在梦中重遇你于往昔的金色年华

久久的　我等你从茫无边际的海上归来

可是在那熟悉的码头上　我只是饮风淋雨遥望

我们继续玩马札儿牌。但提早结束了。我摸黑回家,忘记了从树梢上走,一跤跌进泥水里,心里正默念《加力布露斯》。

坐进家里的写字间,一定要读完这首诗的愿望折磨着我。我拿起笔,在信上念给珺听:

你是落星埋在不可到的远方

还是沉船沦入不可测的深海

你的声音就在风中吗

你的视线是否在阳光里

你知道岁月之翼　不能长久带领我

在生命的冷冬　我将跌倒于无

救之中

　你为何仍迟迟忘返啊

　亲爱的加力布露斯

我没有珺的地址。

　珺也没有我的地址。谁也不知道我住在哪里。从过去到将来,没有人来我的家。没有人知道我回家的路。

     一九九一年七月七日

圣诞

圣诞是个虚伪透顶的节日，我是说在我们这儿。晚会进行到最高潮，吉祥的圣诞老人蹦蹦跳跳地进来，大家一拥而上，围着他又笑又闹，闪光灯和咔嚓咔嚓的声音搞出乱七八糟的类似节奏的东西，学名"精神分裂树"的君子趁机去拧健壮的哈萨克女同胞的屁股。我独自在角落，忍住恶心的感觉。最后还是在君子长舒一口气的时候，走了。

扮圣诞老人的那个家伙是每天至少要打三次小报告的投机分子。可是圣诞节，大家不在乎这个，不在乎圣诞老人在垃圾林里经常为君子供应屁股。

走上大街，几乎被吓住了，从地底下冒出一大堆一大堆乱哄哄的人群。我揪住一个面目模糊的人问，这是干什么？

看电灯泡。

我终于想起来这是我们这个城市的居民所有重大节日不可缺少的娱乐项目。

面目模糊的人忽然对我咧嘴一笑,说,请吃糖。

为什么?

什么为什么?我认识您。

噢。

我认识您有五年啦。您大概不记得我了吧?

噢噢,记得记得。

请吃糖。

他很亲热地拉起我的手，令我毛骨悚然。我被他拉进了电影院。

没有看到片名。角色A，中年男人，驾车去外地看朋友，路上被一辆巨大无比的卡车（像小火车那么大）追赶。它超到A前面后就慢慢腾腾，A超过它它就在后面拼命追。A无论如何摆脱不掉它，它的马达比A的车大得多。A恼怒，它也恼怒起来，要撞死A。A不明白这处境,不知道那个卡车司机是谁。这真令人恶心。电影两个多小时,神经都给马达声磨断了。面目模糊的人不知什么时候消失了。

回去抄近路,只有我一个行人,后面忽然传来极其熟悉的马达声,忍不住回头,电影里那个破破烂烂巨大无比的卡车突突突就开了过来,刚超过我就停住了,我向前走几步也停住了。有铁道横穿公路,信号灯指示火车要过。火车过来,却停住，正好挡死了路。半个小时过去后火车又开始动，声音渐远。公路上的横杆却不抬起，不过五分钟火车又退了回来，停住，挡了路。又过五分钟，继续后退。迎面走来圣诞老人，红帽，白须，红衣，黑靴。

你要吃糖吗？

我要落荒而逃。

一九九一年七月七日

后身

我的祖先是一匹马,我的后身是一只蜗牛。

琳随口就能说出本地某个作家的名言。

我的现身是羊,春天的羊,有很嫩的青草吃。

我不知该做出怎样的反应,对琳,对作家的名言。我是时代病患者,我和我的同类都丧失了正面表达自己的能力。其实我心底震了一下,我也想重复地说:我的祖先是一匹马,后身是一只蜗牛。但我说此身是羊,我生于一九六七年三月二十五日,那是羊年。今年也是,但我永远也回不到遥远的出生地了,那里的草如今从春天疯长到冬天,轰轰烈烈无限地绿下去,季节慢慢地成了一个空洞的时间观念,诸如气温、色彩之类的环境变化消失了,春萌秋枯、风花雪月已经写进历史教科书,再也不会在现实生活中发生了。我遥远的祖先在枯叶扫地之时满怀忧郁和哀伤,这成了我永远的向往之境。我的心灵被塞得满满的,一切感觉只是在心灵内部发生,而祖先们则虚怀若谷,他们不需要什么内心世界来强撑自己,他们的精神都是一棵棵随季节变化的植物,在循环中生长。今天的树也不一样了,我的乔姓朋友称之为"精神分裂树",树裂开,开裂处滚涌出滔滔绿汁。曾经如逝水的时间现在由疯狂蔓延的绿来代表。故乡的草获得肥美绿汁的滋养,疯长到我的居住地,但我永远也回不去了。

琳说,我可以替你回故乡。

琳翻身上马,英姿飒爽,宛如祖先中强健的女性。

(语言和世界都乱了套,如果我或者琳或者作家或者我们全体的祖先是一匹马,琳怎么能骑马出去?在前一个时代,如果还可以认为

"我的祖先是一匹马"是一种"比喻性"的说法,当代则完全铲除了产生比喻的基础。因为就像秋天枯叶与忧郁哀伤之间的神秘对应和交流只存在于我们祖先那里,比喻之境永远失落了。绿的扩展代表了时间,但这根本就不是比喻性说法。)

琳碰上一个小男孩。男孩周围有十二个长得很强壮的男人,他们问男孩家在哪里。

男孩问琳,你的家在哪里?你

到哪儿去？

男孩不愿搭理那些男人，他们太强壮，太粗俗。

男孩很热情地邀请琳去他家里玩。

你家在哪里呢？琳问。旁边的男人也瞪大了眼睛。

我告诉你，还有你们，一块儿。

男孩用黑笔在白墙上写下了他的住处。

男孩走了。男人们散开，也

走了。

琳仔细看一长行向上斜的黑字,一种愉悦的心情在身上散开,她看到了黑字下面掩盖着的细小字体,那是男孩单独留给她的:"我是书。我一个人住。推开这堵白墙,我就在那里。我这里好玩。你来。"

一九九一年十一月十六日

房

间

我听到群鸟在灰暗、污浊的城市上空疯狂地鸣叫,但我看不到它们的身影。长久以来,我困惑不已:它们为什么要待在这儿发疯,而不飞走,飞往我的故乡?它们和我故乡幸福的鸟儿莫非不是同类?我看不到它们的身影,童年故乡鸟鸣留在记忆中的声音阻止我去习惯它们的疯狂。我为它们焦躁不安。

它们疯狂到一次一共七只扑啦啦闯进我们的房间。阳光最亮的时候也就是灰尘弥漫看得最清楚的时候,我们不敢正常呼吸,苟延残喘也胆战心惊,在日复一日的绝望里如接近真理一样地接近窒息。七只鸟就是在这样的时刻突然飞进房间。

从此房间里的人再也不说话,不说一个字。四个人四个常用姿势:呆立、呆坐、呆卧、呆呆。呆呆是一种无法言传的僵持状。但是房间却发出了三种声音，每种声音都非常清晰，有不变的节奏，不高不低，适合于正常的听力，而且三种声音尽管同时响起却绝不相互干扰。很显然声音不是我们当中的任何一个人搞出来的，同时很明显的是，三种声音都是模拟人的行为动作产生出来的。

　　一个人穿着厚重的鞋在地板上踱步的声音；

一个人翻一本大于通常开本的书的声音；

一个人在洗脚，双脚在盆里撩水的声音。

声音一旦响起，就永无终止。我们每天都仿佛看见一个人不停地踱步，一个人不停地翻书，一个人不停地洗脚。地板越来越薄，就要坍塌了；书却越翻越厚，不停地生长；脚洗掉了皮，洗没了肉，露出了白森森的骨头，丑陋，突兀，在耀眼的白光里互相摩擦，声音变得清脆至极。

四只蟑螂从四个墙角同时跑向屋子中央，即将会合之时，却都停滞不前。时间久了，才知道早已经死去。

没有人知道七只鸟是什么时候从房间消失的，甚至说不清是当天就飞走了，还是住了一段时间，比如一个月，或者两年。

我们都知道七只鸟突然飞进房

间,但没有谁真切地看到了鸟的身影。群鸟在空中鸣叫的时候,我看不到它们的身影,但是我禁不住一遍又一遍地想,它们为什么不到我的故乡去呢?

　　一九九一年十二月十一日

无

题

母亲尊重当地的习惯，从烟囱爬进了屋内。烟囱其实不过是开在墙上的洞。

适应了黑暗，母亲才用手撩去挂在眼前的蛛网。灰尘和霉味呛得母亲咳嗽起来，难以抑止。主人对母亲的恼怒形诸于色。后来才知道，蜘蛛网是他们的圣物，是禁忌，他们小心翼翼地活动，生怕触碰了它们。他们心中的蛛网神秘地教会了他们处世的道理和本领。

母亲来自遥远省份的一个小小的书香之家，心内心外的洁净是她自幼的习惯和状态，从母亲答应到这里来时起，右手的小拇指尖就开始往外流血，先积聚成一个小小的鲜红的斑点，然后滴下。漫长的跋涉之路，那些小小的血珠以相同的间隔逶迤而来。

母亲是来看杀人的。母亲依稀觉得她熟知那个将要被杀的人，然而母亲却没有看到他。母亲本只是为他而来。

主人给母亲看刑具,只是一把普通的刀。面对它,母亲号啕大哭。母亲一生只哭过这一次。刀被哭得弯弯曲曲。主人用弯弯曲曲的刀把母亲杀了。刀切过母亲的身体,没有血流出来。

母亲死的同时,我正在遥远的家乡体会杀人的感觉。我只顾吃惊自己的举动了,没仔细看被杀的人的模样,是个年轻的男人是肯定的。刀下去,就像切一块长方形的比石头软、比豆腐硬的东西,没有阻碍,没有血流出来。

我想重复用刀时的感受,就为自己切割了一条牛皮腰带。腰带比我预想的要好得多,我就系上了。

妹妹几乎是祈求地望着我,说,哥,你就要走了吗?

我说,嗯。

妹妹眼里就滚出两颗小小的鲜红的血珠。

一九九二年二月十二日

红

绿

是一片无涯的僵硬干燥的沙地。他跪着,双膝的血慢慢往外涌。没有路。他就那样跪着一点一点往前挪。一张年轻的脸,一双寻找遥远的安慰的眼睛。

为什么?她问。

在那片金色的柔软潮湿的沙滩上,我迎接你。身后是你骑着单车越过的蔚蓝的海。三千里外的微笑在一条条的光线里闪耀。你习惯性地用右手贴着耳鬓抚弄闪光的黑发。风吹着,海面就像你温柔飘动的淡蓝色窗帘。那个男孩整日对着那一角跳荡的海发呆。

淡蓝色

在飘动的瞬间

把我永远淹没

我来的时候差一点死了。他可能想造成一种反差，语气轻描淡写。

我得去买菜啦。

我和你一块儿去，行吗？他问。

他们好像是从一个山坡上往下走。太阳光热烈地闪耀。路上的人都急匆匆的，精神得如灿烂阳光。

我来的时候差一点让蛇咬死。他又说，夸张的语气。

蛇还咬人？她问。

蛇不咬你？

为了赶车，抄近路，我从河里走。河里长满了青草。

有多大？

他把胳膊全伸展开。这么大。

现在，我们住得这样近了。他这样想着往那里走。后面的人很快地赶过他，又很快地从他眼中消失。我们距离有十分钟的路。他被这个念头缠绕着，走得没有一丝气力。

也许我需要二十分钟。我告诉她走得没有一点劲,她会问为什么?怎么了?她还会说什么?她会什么也不说,看你一眼再把眼睛移开;或许就那样默默凝望着,像许多时候一样。

他忽然觉得刚刚走熟的这段路变得很长很长。暴土扬尘。噪音。俗气的衣着俗气的时髦俗气的脸俗气的眼神。他奇怪怎么这样疲乏。全身的每个细毛孔都透着疲乏气。

累,真的?其实可能并没累成那样,只是你想到了这个累字,越想就越累了。他很怀疑自己是不是这样。

终于敲响了那米黄色的门。他看了一下表,走了半个小时。漫长的世纪过去了,门里探出一双询问的老了的眼睛。眼睛又缩回门后。

于是他在那条充满朝气的街上和充满朝气的小城里没有了目的。

从看不见的地方飞起一个拳头

大的球状物，他觉得它小而干瘪。他和它彼此明白，就开始了断断续续的对话。它说你做梦都想知道你的将来，现在我来了。他装出很冷漠的样子，可是眼神里透出痛苦与仇恨。命中注定我们联系在一起啦。

注定了春天的花会有果实

注定了春天的花不再结果

它像机器一样说话，冷酷而没有声音。你这么早就看见了我是你的不幸。你原先把我想象得硕大而美丽，今天你必要揪心一样地疼痛。其实你可以把这当成别人没有的幸运，假如你聪明。哀莫大于心死，其实真正死了心就不会感到悲哀。

他塑像般坐着。无言。

他看见她背着母亲走那条上坡路。她母亲时隐时现，闪闪烁烁。她走得时而轻快，时而吃力。说不清有多长时间——他隐约觉得是两年——她仍没走完那一小段坡路。他过去跟她打招呼,她母亲立即遮住了她的眼睛,让她在沉重的背负下如雷鸣般喘息。

可是,奇怪,她的脸始终微笑着。

他看见她腿打颤,终于往后退出几步。可是她的脸始终微笑着。

他站在白色的阳光下一二三四

数着走过的人。数到搞不清数到多少的时候,他感觉出脊背的异样。回头正好是那脸和那眼睛。

　　白色太阳帽提在手里。白底黑圆点短袖衣。浅绿短裙。她笑着说下午有事。她说的时候仍然笑得很好看。他看到原来还有一个同伴在她身旁。同伴问他你有要紧的事吗?他突然发现她俩的声音的味儿一模一样的,只是这个同伴说的时候笑的幅度很小。

他事后搞不清自己竟也笑得那样得体。他表现得很无所谓,很宽宏。他好像根本就没想他骑单车跑了一百里。他说没事,你们走吧。他又忽然提高声音说了一句模模糊糊的话,说不准是什么意思。

他站在白色的阳光下,觉得阳光真好。

嘴唇裂成一瓣瓣苍白坚硬的花。

双膝的血涌出来立即就干了。没有路，整个沙地都是路。

寻找遥远的安慰的眼睛盯住了前面的一片红绿湖，他从来没有看见这样诱人的红绿湖。他没有惊叹，甚至没有一点意外的感觉，他坚信别人也没见过这样的红绿湖。

那么他是第一个。

一九八七年八月

失踪

过了很长时间,我才觉得可以把这事叙述下来。我想让时间把一些芜杂的情绪、想法过滤掉。我试着让自己平静下来。

平静下来的回忆就多了些无聊的事情。

先从那天下午讲起。乔过来,从我书架上拿下两本厚重的书,就坐在嘈杂的人声中读起来。这很奇怪，乔从来就不读这样的书；而且，在人多的地方，总是乔的话多于其他任何人加在一起的话。过了很久，乔站起来，向我借那两本书，回隔壁去了。三点多钟的时候，乔过来还书，精疲力竭的样子，浑身瑟瑟发抖，坐在凳子上还是止不住地抖。我说，你读书怎么读成了这个鬼样子。

乔扔掉烟头，忽然大叫道：

谁他奶奶说做学问没有意思?!

这话太突兀,声音也太尖利。我没有搭腔,平时还不就是他对学问之类的极尽冷嘲热讽。

吃晚饭时,宋过来喊,我们就一块儿去食堂。我钻到乔的雨伞下,宋独撑一把伞。我一直对一些特殊的事情发生在不正常的天气里耿耿于怀,这样的安排不管是出于天意还是人意都太蹩脚,蹩脚得就像教我们写作文的老师。不过话又说回来,要活在这个世上,就必须学会忍受蹩脚的事，天意的，和人意的。

碰到楼下看门的阿姨拎两瓶水迎面过来，我就说：阿姨怎么不打伞？阿姨没顾答话，却嘱咐给她带一只馒头回来。

雨天食堂更挤了，眼睛随便看出去，总是落在一群人身上。三个人排在一块儿买馒头，依次是宋、我、乔。宋买了三个，惹起我和乔的反对，你怎么吃那么多？我想到要给看门阿姨带一个，就也买了三个，然后对乔说，你也买三个吧。乔也买了三个。

三个人把买好的馒头和水瓶、雨伞放在一张桌子上，又去排队买菜。我和宋买好菜出来，看到那张桌子上坐了好几个人，就决定转移。我第二次回来拿乔的馒头，却找不见了他的水瓶。明明一眨眼之前还看到的嘛。

我对宋说，现在去开水房肯定能抓到偷水瓶的人。

宋说，和乔一样的水瓶太多了，认不准。这家伙，买菜这么费事。

我们俩一面吃一面东张西望，怕人多他找不到我们。

说不准他回去吃了。宋说。

可我们一直是在这儿吃的呀。

不是要给阿姨带一个馒头吗？

馒头还在这儿——哎，宋，乔的三个馒头被谁端走了？本来就放在我的碗旁边，怎么没了？

今天的事怪了。宋这样说，还

笑了笑。

我们惶惶不安吃完饭往后走,希望乔早已回去了,给阿姨带了一个馒头,正等在寝室里准备大骂我们两个。

给阿姨带回馒头的是我。到处找不到乔。

我想乔会在某个深夜敲我的门,那些日子,我晚上睡觉总不上锁。我想乔会在将近凌晨的时候推门而入,把我喊醒,说,我出去转了一圈，没多大劲。

乔从此没回来。但直到现在我还在盼望着。

至少有一件该做的事我没有做，那是别人托付我的，我想我总有机会做的，但我没做。

吉是乔的老乡，我也认识，是个漂亮、有意思的女孩。一次我到她那里坐，她让我告诉乔说她梦到了他。在一只摇摇晃晃的海船上，甲板上摆满了笼子，吉是笼子里的一只鹰，但她从笼子里出来了，踱到孔雀待的笼子前面，喊孔雀出来玩。鹰都急了，孔雀还没有应声，鹰就想去替孔雀把笼子打开，却发现孔雀蹲着，已经剖腹自杀了。

乔就是剖腹自杀的那只孔雀。

我找不到好玩的方式转告乔这个梦，所以我一直拖着，直到现在。

现在我一而再、再而三地把这个梦讲给自己听，在每个临近凌晨的时候，我都觉得我好像把一部杰出的童话读到结尾了，我总想抑制住自己不去读结尾的话，可是不行，这感觉太深切了：在这个世界上，好朋友和好作家都非常难得，而乔，两者都是。

一九九二年三月十八日

阴
谋

我烦躁不安,随着四月的来临,大街上美丽的少女不计其数,我一个没碰到,我问宁怎么回事,宁哈哈大笑,四月是个残忍的季节,名重一时的 T. S. 艾略特专家走火入魔,潜心考证艾略特的第一任妻子费文·海乌和罗素怎样偷情,四月有一个阴谋,是我的,关于报复和血腥,先按下不表,老前辈回来了,从老婆孩子身边，暂停写作几分钟，老前辈是我的室友，昨夜梦到你，亲爱的，我想起了以前的诗句，外地人在两个女人之间犹豫，你全身黑色，我是说肤色，黑色是欲望吗，我被欲望纠缠，这样给你写信可以吗，小提琴，望远镜，精美的食物，手枪，手枪，手枪，你借着琳的掩护而来，琳昨天来了一封信，你就随她而来，不想告诉你的是，如此漫长无聊寂寞的岁月，只梦见你这一次，哎，人的伤情无不可厌，就这样，我去一个陌生的城市旅游，毫无新鲜的事发生，怎么能这样，我给从前的相好打电话，但只有她丈夫的号码，我拨了，说找她，那人问，你是谁，我说是她同学，其实她丈夫才是她同学，同学，他警觉地重复了一遍这两个字，我说是小时候同学，他稀里糊涂松了一口气，热心告诉我她的电话，我拨过去，问，你是谁，这种庸俗的把戏演了一万遍也不会有让人称心的结局,我没说想说的粗话,报了自己的名字,怎么就结婚了,她说,都老大不小,还能,不想听下去,就挂了,抽烟没火柴是经常的事,但一天买一包火柴还用不到晚上就没法保证自己不发火,鸟人鸟事,嘘,嘘,给情人写信最容易对付,词穷时就抄一首诗,举例如下,那人在海的漩涡里坐着,捧着自己的脚印死吻,在迢迢的烛影深处有一双泪眼,在沉沉的热灰河畔有一缕断发,呼号生于鼎镬,呻吟来自荆棘,而欲逃离这景象这景象的灼伤是绝绝不可的,恒河是你,不可说不可说恒河之水之沙也是你,举例完毕,其实,便纵有千种风情,更与谁人说,说吧,记忆,一年前,我想翻译这本书,却被人抢先译了出来,我气得发昏,昏黄的傍晚,一个彪形大汉重重撞了我一下,问,手枪要吗,我灵机一动，买了三只，只要了三颗子弹，他一定要再送我十粒，我一转身就扔在街心花园里了，老前辈告诉我我认识的一个家伙在火车上抽了别人一支烟，密码箱被拿走了，我从陌生城市坐火车回来，邻座的漂亮小伙告诉我有一只虫子从我身后爬过去，我问这是什么意思，他说你要发大财了，我递给他一支烟，独自坐在黑暗中，手枪陪伴，第二天我就把它们分送出去，第一位是正在走红的诗人,他的秘密是篡改古代行吟诗人藏之名山的绝作,行吟诗人与我通灵,要我把他杀了,我正好以此为借口,第二位是个女人,第三位是个男人,结果当天就出来了,第一位自尽,第二位以枪逼我时被第三位打死,第三位与我讨论我们两个以后的关系,大概想讨价还价,屁,两个男人会有什么关系,我说我再送你两只手枪,四月将尽,大街上美丽的少女不计其数,童从人群中卓然而出,款款而来而来而来来来来来来——

一九九二年五月二十八日

体操

体操队的老师面目模糊不清。

体操总是在没有星光没有月光的暗夜里进行。

世界只有操场那么大,透明的门封住了这世界的四周,里边没有空气,我们不呼吸。我们是一无所思的孩子,我们不需要呼吸。我们是一无所思的孩子,我们也不需要光亮。

我们不知道体操是什么,我们从不做。

我们排成几行纵队,整齐地散开,然后我们当中的一个就会让老师的钢刀——比我们这些人还要长还要重的钢刀——从身体的任何一个部位穿过,血激溅出来,发出一道微弱的光。这是这世界唯一的光呀。这是这神秘暗夜亘古不变的祭品呀。

我们都有编号,这一次轮到了

我。我排在最右边一队的最后一个位置。

但老师没有喊我。老师喊其他的孩子,而且喊了许多个其他的孩子。老师破坏了常规。

老师要完蛋了,他一次就喊了这么多的孩子,要是他们一齐逃跑,他恐怕一个也抓不到。

对,快逃!快逃!

队形散乱了一下,又重归整齐。没有人逃跑。我也没有。其实只要我转过身，就有一条通向外面的道路。

老师的钢刀穿过一个又一个身体，血喷涌而出，闪现出一道道混乱交织的强烈的曙光。

借着这强光，我看到身后那条通向外面的道路倏然消失。

原来道路是一个假相。

一九九三年十月三日

投

江

十二岁的时候，我把桌子搬到江边，在时间缓缓的流动中埋头写作。要是有这样一个人，在他终生的写作完成之后，却因为某种原因把那些书写过的纸张付之一炬，或者，如果他像我一样在江边从事他矢志不渝的事业，最后把它们抛进滔滔的江水，那我看这个人就太戏剧化了。戏剧化和假模假式是一个意思，它们共同起源于人类古老的神经质。每当我写完一页，总会适时地吹来一阵微风，把它飘进江水中，转瞬间就消失得无影无踪。我如得神助一般，表情冷漠，内心却涌动着抑制不住的狂喜。这种时候，我不得不暂时停下来，听江水拍岸的声音，约略过一支烟的工夫（为了写作，我在十四岁的时候就把烟戒掉了）才可能平静下来，继续写另一页。一天我最多写五页，不敢超过这个数字,边写边告诫自己,慢一点,慢一点,一天有这么多次狂喜已经太奢侈,再多,凡人的身心就可能无法承受了。

十二岁的时候,我把桌子搬到江边,从此那张桌子就住下来了,经风沐雨,没有丝毫的损伤。我不知道祖父是用什么材料制成这张桌子的,大约有十年的时间,我一直想弄明白,后来我放弃了探寻的想法。我想，它既然是一张不可复制的桌子，我弄清楚它的材料有什么用呢？即使我能够拥有这样的材料，我怎么能学会那特殊的制作方法呢？再后来，我觉得这样的一些想法虽然不无道理，却仍然是脑力的浪费。我还需要再有一张桌子吗？不，当然不。一种写作只需要一张桌子，而我就只是从事一种写作。

在写作和桌子之间，有一种神秘的互相保护的关系。当然我说的是我的那一种写作。当写作正在进行的时候，桌子周围就是一片祥和，温度、湿度、亮度恰如其分，对其他人来说，可能会嫌过于亮了一点，但我喜欢的就是过于亮一点。这丝毫没有什么深刻的含义，我十二岁之前完全生活在黑暗中，有过这样的经历，对光亮的要求就自然会强烈一些，过分一些。那种黑暗，是一种抽象的黑暗，或者说，绝对的黑暗，但都不足以表达我那时的情境，找不出更好的说法了。那张桌子经风沐雨，都是在写作不进行的时候，而一旦开始写作，四周即使风狂雨骤，桌子和我却像待在被隔绝的房间里一样，不必身受自然之苦。事实上不存在这样的房间，更没有被隔绝的感觉，玻璃或者其他更薄、更透明的东西，甚至连游丝都不存在，但就是没有雨落到我的脸上、桌面上或者稿纸上。偶尔有人看到我在雨中写作，惊讶不已，在他们的眼睛里我浑身湿透，无家可归，只能以此种几近疯狂的方式消磨生命。

  我并不是一开始就懂得用写作的方式来保护桌子不受自然侵害的，我听凭自己的兴致，想写就写，不想写就停止。像多数人一样，我在风和日丽的日子里兴致高涨，在阴风苦雨中心情黯然，懒于行动。那个时候，风雨频频加于桌子，虽然于桌子无伤，却有伤于桌子对我、桌子对写作的亲密感情。好在我意识到这一点不算太晚,从三十岁生日开始,我试着改变自己的写作兴致与天气之间的关系。我的改变有一半成功,有一半失败。本来我想与过去颠倒一下,天气坏的时候写作,天气好的时候或可休息,或可处理杂务。经过并不算长的一段时间的调整,前者我完全做到了,后者却无论如何无法坚持。阳光照耀之下,不写作就会使我产生一种很深的罪恶与可耻的感觉，况且晴空之下，心灵激荡，倘若不从笔尖流泻出一些东西化为死的文字，那么那些活的东西就会把我的心当成欢宴的会所，或者你死我活的战场，哪里会有片刻的安宁？于是我决定摒弃任何杂务，专事写作。再后来，我连休息也放弃了。现在我就是这个样子，写作与天气再也没有关系，它和时间一样，无比单纯，永无停息。

　　写作和时间一样？对，对的。

不，不，我是说理想的写作。我在每一页写完之后还会有一支烟工夫的间歇，这个间歇时间也停止了吗？但是，是这样，我们能不能要求一种理想的时间呢？理想的时间应该有速度，应该有间歇，它的最高速度就是一天写五页，它的间歇就是页与页之间的停顿，还有，它还应该有自己的娱乐方式，它的娱乐方式就是在间歇的时候唤来一阵微风，吹走在江边写作的老人的一页手稿，飘向空中，再飘进江水。

时间以他者的口吻，对江边经年历世的桌子说，时间不磨损什么，不摧毁什么，时间保护你，时间保护你。

一九九四年十二月十七日

谣言

因为需要，谣言就产生了。人们短暂相聚，又匆匆分离。相聚的时候，总得讲点话，说些事。人和人待在一起，最不堪的就是沉默，人们已经丧失了通过沉默沟通的能力，沉默把人与人之间的裂隙照亮了，亮得突兀、刺眼，于是赶快开口说话，用语言填塞深不可测的裂隙。人们当然知道，再多的语言也无法把这裂隙弥合，但是语言有一种奇异的效果，它能够产生黑暗，裂隙填不掉，但裂隙看不见了。谣言就在语言的黑暗中滋生出来，人们匆匆分离，把它带向城市的四面八方、角角落落。

除了有意制造的谣言，几乎找不到谁该为每时每刻都在膨胀并以加速度流窜的谣言负责。这样的谣言无法追根溯源，它的种子只不过是一些话、一些事，也许还是一些实在的话、一些确有的事，但一进入"流通"领域，它就能够创造出一个魔幻世界，相形之下，商品在流通过程中产生的高额利润也黯然无光了。

有意制造谣言会出现什么情形呢？若干年前，我们还是一群浪荡街头的少年，三五个人乘上一辆公共汽车，在车厢里高谈阔论，即兴编造了一则关于这个城市黑幕的故事。我们时不时扮出一副诡秘的样子，果真就有部分乘客默不作声地盘算着——我们仿佛看见了——把这个听来的故事向别人转述。在故事接近高潮的时候，我们才思枯竭，难以为继，就跳下了车。这是我们的一个游戏，算是表演游戏吧，我们隐隐约约期待会有什么事发生，但不久就把这个恶作剧忘了。又过了一段时间，这个谣言在游荡了这个城市不知多少个街道、机关、会客厅和卧室之后，又游荡到我们身边。我们像狠心的父母,孩子离家出走后就忘记了曾经有过这样一个孩子;当这个浪子返回到家门口,我们第一眼硬是没有认出来。它确实变了,它成熟了,原来没有编出来的故事高潮现在就出现在我们眼前。奇妙的是,它的身体,有的地方变胖了,另外的地方却瘦了,有的部分是新长出来的,有的部分消失了。离家出走时的衣服已经破旧,并且落满了灰尘,但它又在外面罩上了一套新装,看上去有点滑稽。但我们没来得及让滑稽这种感受充分发展,就认出了它,接下去发生的当然是悲喜交集的场面。然而我们确实是狠心的父母,一阵感情激荡过后,我们对这个回家的浪子再也提不起兴趣。

我们长大了,才慢慢发现,并不是只有我们才是谣言的制造者,几乎每个人都参与了谣言的制造。

这个发现使我们少年时代的得意一扫而空,我们真的有些沮丧。

人们需要谣言,就像需要酒。日常生活等待着刺激和兴奋,平庸的心灵热切地呼唤谣言,像呼唤一个又一个生命传奇。酒能致死但酒不是毒药,谣言一般也不会破坏日常生活,相反,倒可能是日常生活的保障:谣言给你脱离日常生活的感觉但它又不是真正的脱轨,我们这些庸常之辈既平庸又不免想入非非，但也仅止于想想而已，谣言正符合我们的性格和命运。

人们需要谣言更是因为人们需要社会，单个的人需要参与到一项集体的活动中去，谣言使人与人之间的联系建立起来而且密切起来。牢牢地与别人联系在一起，我们就放心多了。人们捕捉谣言，就像抓住把大家拴在一起的绳子。没有谁愿意成为一无所知的局外人。谣言传播的半真半假的秘密性,更投合了进化而来的人类现在还残存着的一点可怜巴巴的"浪漫精神"。除了参与到一项秘密中去,城市里的浪漫,还有多少可资利用的表现形式呢?

现代都市能够使谣言的生产和流通合法化,秘密性消失了,但合法化的强大威力借助于传媒一哄而上的品性,非常容易地把全民的精神动员起来,使全民卷入某种"精神共享"之中。比如说流行歌曲,其中大部分是谣言,但它又制作得不像谣言,人们不免就有些迷惑。不过你再想一想,又有哪一种谣言声称自己是谣言而得以传播的呢?有一首唱遍中国大街小巷的歌,叫《纤夫的爱》,张口就唱道:"妹妹你坐船头,哥哥在岸上走,恩恩爱爱纤绳荡悠悠……"连老诗人公刘都听到了,其流行可想而知。问题是,听到了也就听到了,把它当成谣言拉倒,偏偏公刘较了真,大动干戈,不顾年高体病写了长篇文章讲背纤是怎么回事,讲纤绳是万不能"荡悠悠"的,还有其他诸种不实不对之处等。你生气发火那是你的事,它还照旧"荡悠悠"不误的。本来就是谣言,绳之以真实,是你拿的标尺不对。既明白是谣言,就不必阻挡,谣言是挡不住的;但是谣言来得快,去得也快,声势再大也没有用,等全国人民烦了,谣言自己也烦了,就不会再"荡悠悠"了。

谣言是新闻的变种,讲究时效性,经不起春夏秋冬季节轮回的。

可是谣言一旦被权威化后,就可能维持较长的时间,具体会有多长,那就要看这种权威能够维持多长的时间。我们还是不要谈论那无时不在的政治神话和历史谎言吧,让我们只培养对一些小事情的兴趣。我有一个朋友,从事新闻工作,他把某大公司的年利润在世界同行业中的排名排错了,只是因为看错了一个数字就把一个根本排不上号的公司排到了十分显赫的位置。他的消息被国内权威的大报转载，该公司的领导和群众到处宣讲这条消息，更大更重要的领导予以充分的肯定。等我这位粗枝大叶的朋友发现错误时，这个错误已经不能更改。这是一个非常简单的错误，但是没有人相信这是错误，更没有人愿意相信，也许还有人不准别人相信——它怎么能是个错误呢？已经有一段很可观的时间了,至今这个谣言仍然在这个城市以及这个城市之外更广大地区的天空中飞来飞去。

谣言比事实可爱,倒常常是这样。游鱼君不断向我们讲述他自己经历的事情以及他的见闻,他向我们讲这些,已经讲了十多年,就像我们的友谊那样长久,可是我们未尝厌倦,如果周末他没有来,我们就颇有些心神不宁。他的话夸大其词,无中生有,但是他有一个本事,使你无法把夸大和虚构的部分与真实的部分区别开来，他的话水乳交融，谣言附着在事实上，使那本来很正常的事情也变得扑朔迷离、特别可爱起来。他使语言具有了鬼使神差的魅力，同时也使谣言像艺术创造一样千姿百媚，风情万种。

　　好的谣言确实具有艺术的性质并兼备艺术的功能，我们以欣赏艺术的态度欣赏它，有利而无害。遗憾的是，我们难得碰到有艺术水平的谣言。我们碰到的是什么呢?比如你在办公室里突然放开喉咙大吼了一声,实在是毫无原因的,只是因为想吼,就吼了,甚至连想也没有想一下就吼出来了。别人问你怎么回事,你就这样如实交代了,但是没有人相信你,他们想:你这是发泄对什么人什么事的不满吧?或者,这个人是不是精神上出了问题?是不是跟老婆吵架跟恋人分手跟朋友反目了?联想到最近什么什么的迹象，足以证明如何如何。每一种想法都能创造出一个谣言，谣言流传开来，你哭笑不得——但我想，你还是笑的好。在一大群有知识有文化的人中间，微言尚有大义，何况大吼。你要是跑到旷野里，就是嗓子吼出血来，土地和树木还是照样沉默。

游鱼君的儿子，四岁的时候，看见彩虹，竟然说："这是太阳的谣言。"游鱼君最大的本领是对语言的驾驭,可是他儿子的一句话让他一整天默默无语。他的儿子叫刘天心,莫非刘天心真的就是天心?

城市是开放的,因为它早已不是城堡了;但是谣言使城市暴露出它极端的封闭性。城市谣言的生长、繁殖和死亡的整个过程很难逾越城市,城市里的谣言离不开城市。我们设想一双上帝的眼睛,他看到的城市有时就像一只巨大的谣言的铁笼子，无数的谣言在里面飞舞、碰撞，有的正在衰老，有的已经死去。在我所知道的城市收藏家的行列中，有一类是专门收藏谣言的尸体的，他们把它们风干，收进特制的贮藏设备，每年春天太阳好的天气又挂出来晾晒。晾晒的时候真像旧日谣言的展览，唯一美中不足的是没有集中的场地，想看这样的展览要跑遍这个巨大的都市，而且也并不是想找就能找到。

　　有时候明晃晃的太阳天忽然下起阵雨，来不及收的谣言尸体被急雨淋得湿漉漉的，显出丑陋相。不久，雨停了，都市的头顶出现难得一见的彩虹，我们该想起四岁孩子刘天心的话：

　　"这是太阳的谣言。"

　　　　　　一九九六年一月二十六日

树木的种子（代后记）

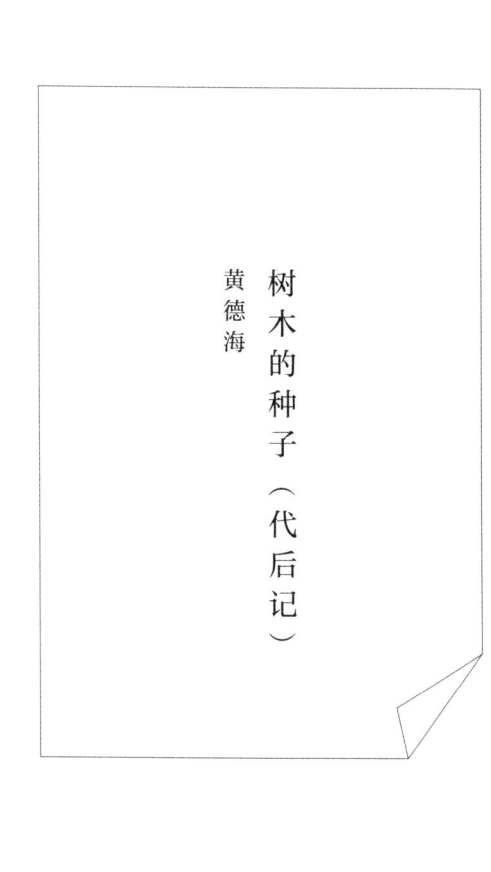

黄德海

1
念头

我最喜欢的书的模样,是薄薄的小册子,便携,易览,经得起反复读。更重要的是,躺着看的时候,手不那么容易累。

心有所执,就容易生出古怪的念头,比如,看到一本书有特别的篇章，就会想，把这些单独拆出来印多好？

二十多年前，有段时间，我每周末都会坐公交车去文庙旧书市场，偶尔买上几本，多数空手而归，主要满足上手不同年代的书的渴念。当时，文庙周围书店还算林立，有次，在一家店买到了张新颖《迷失者的行踪》，回来的路上，便在摇摇晃晃中翻完了前两辑。

回到宿舍，接着读此书的后两

辑,"碎语"和用为书名的"迷失者的行踪",忽又感受到了异样。尤其是后者,仿佛唤醒了某样遥远而亲切的东西。上面的念头又自然生起,为什么不把这辑单独拆出来呢?

2

裂隙

前两辑文章,虽然含蓄内敛,

总体的意思，深入想想，差不多就能领会。"迷失者的行踪"这辑，读起来却满是惝恍之感，企图踩实什么攀援而上，却发现这建于纸上的造物根本没有台阶。那些看起来仿佛是抓手的场景或情绪，随着文字移动，转瞬便消散不见。

作者觉得，他写得坦率无隐，也意识到面世后会遇到的问题："这些短章完全是个人写作的当时内心精神图景的忠实记录，因为未加改造和掩饰，没有束缚和夸张，所以我个人认为是直接自由的表达，而在别人看来反倒可能是曲折隐晦难以索解的。"

李振声毫不掩饰对这组文章的喜爱："它们将新颖对世界本源所怀持的隐秘的惊喜和敬畏之心，做了出色的变形置换和寓意表达，目的是想利用人性的某种裂隙来窥见和揭示它的本来面貌。三年前，当第一次读到它们中的部分篇章时，我内心所受的震惊和产生的狂喜,也许只能用'呆若木鸡'一词,勉强才能形容。这才是绝活。"

　　人的思绪,原本就如流动的江水,潺潺涓涓,无时或止。用文字追摹的时候,绵密的连续偶尔会闪现一丝裂隙,流露出作者独特的性情、深切的关注、隐秘的情感,甚至世界的形态、命运的样貌。

3
直觉

文字本身并非三维,因此可以在二维的纸上任意排布。文字的所指却是三维,二维上并列的文字,并不都天然就能够写在一起——跟DeepSeek深入交谈过的人,应该能感觉到文字在某些情景中产生的致命幻觉。阅读曲折隐晦的文字,尤其需要追问,我们是否能够信任作者。那些复原性想象强劲的人,会看出文字与文字的联结是否随意,然后确认其可信度。

紧密联结这组文字的,李振声认为是直觉:"新颖的为人和为文,给我印象最深的,甚至常常让我为之惊叹的,便是直觉力的纯真和完整。而他的文字,又与那些迸发自感觉之涡的心智的片羽吉光结合得那样的天衣无缝。他往往一眼就能看准什么是值得关注的东西,而什么是不值得去为之费心费神的。……他宁可守望住自己与世界本源之间的那条真实通道。他的直觉因为有事物的本源做可靠的依托，绝不会轻易上当。"

直觉转瞬即逝，变动不居，要用文字记下时时变化的整体，很难无漏无余，近乎"从虚空中捕风"，跃动的浪花会静止在取景框中。于是需要准确，无论怎样的变形或幻想，都必须有效抵达直觉的核心，内在的活力才不会消失。这里的难题是，因属己的直接和属世的晦涩，形成后的篇什，或许比独创新词的哲学更难验证（是否属于无效的幻觉）。

更重要的或许是，直觉的可信，首先而且必然作用于自身，差不多只能是自我询问或纾解的尝试。企图让天下闻风而从的所谓直觉，恐怕都要先打个问号。那个认知自我的迷失者，注定要在荒野里独语。

4

沉默

  文章经常会出现类似空镜头的场景,如闲坐所见——有一棵树,孤零零,任无数碎小的叶子斜斜落下。井是口新井,刚挖了没几年,井很深,里边的水很浅,也很清,可以看到井底一枚两分钱的硬币。

时常，有一些曲里拐弯的字母，手拉手排着队，在两颗黑点之间，从这颗，到那颗，如无边黑暗中一根接一根划亮的火柴，跳着又伤心又欢快的舞蹈。

人出现了，无处不在，却安安静静，即便原本应该热烈的场景，文字也仿佛被施了消音的魔法，如烈焰闪烁于另外的时空，听不到毕毕剥剥——遥远的祖先在枯叶扫地之时满怀忧郁和哀伤，这成了我永远的向往之境。电车沉闷地摇摇晃晃,街景是放了一万遍的冗长纪录片,模模糊糊,时常有刺眼的斑点下雨般地闪亮。没有人知道七只鸟是什么时候从房间消失的,甚至说不清是当天就飞走了,还是住了一段时间,比如一个月,或者两年。

这些无声的文字,很可能源于作者对沉默的偏爱,或者他天性就倾向于沉默。太喧闹的地方,他会觉得不安;太热烈的情感,他会陷入反思；太庞大的存在，他会希望隐身。文章不时提到无言、静观、默察，甚至"呆立、呆坐、呆卧、呆呆"。于是土地沉默，树木沉默，眼睛沉默，她也沉默得善解人意，"习惯了在这样的时刻不和我说话"。

沉默者不愿暴露于人群之中，用如此方式保护自己的孤独，也感到安全。他期望能够缩小甚至隐身，哪怕变成一个小小的黑点，不需要外界注意，也不想引起别人的关心，甚至希冀能够隔离在任何静止的时间中。"谁也不知道我住在哪里。从过去到将来，没有人来我的家。没有人知道我回家的路。"他在拥挤的人群中辨认同类，只跟极少数灵犀互通的人交流。"沉默把人与人之间的裂隙照亮了"，偏爱沉默的人张开了内在的眼睛。

5
写作

沉默者并非无家可归,只是他的家无法以寻常的方式找到。"每天,我又必须从家里走进吵吵嚷嚷的人群。这条路是众人的路,在坚实的地面上,我走起来无比艰难。只有这条路才通向人群,不像回家的路,在树梢之间,属于我一个人所有。别人都不曾想象树梢间有路。"家，接近隐喻，有时是一片黑暗，有时是一座城堡，有时被称为故乡。

故乡似真似幻，不妨看成一个特殊的时空体，用来比照城市和时代。对喜欢沉默的书写者来说，属于现代的城市太喧闹了，灰暗，污浊，开放又极端封闭，有时看起来"像一只巨大的谣言的铁笼子"，实在不适合居住。故乡呢，草能获得肥美绿汁的滋养，鸟儿能在那里幸福地生长,"祖先们不需要什么内心世界来强撑自己,他们的精神都是一棵棵随季节变化的植物,在循环中生长"。尽管如此,那个完美的故乡,却永远也回不去了。

离开故乡的沉默者,不断寻找着遥远的安慰,自己动手来搭建新的故乡。有时候,这故乡是书——"我是书。我一个人住。推开这堵白墙,我就在那里。我这里好玩。你来。"有时候,这故乡是写作的时刻——"那张桌子经风沐雨,都是在写作不进行的时候,而一旦开始写作,四周即使风狂雨骤,桌子和我却像待在被隔绝的房间里一样,不必身受自然之苦。"或者与外界隔离,在想象中踏入故乡——"我把我一向敞开的心灵之门关闭起来,我无需外求,我在一支烟、一杯茶、一只空空的信封和一小片单纯的白色中获得了至大至圣的快乐和满足,甚至无数狂热的冲动也尽含其中。"

读书，想象，写作，作者借此远离城市的喧嚣，也脱离时代的奔忙，抵达近乎故乡的确定感，身心在某种程度上安顿下来："阳光照耀之下，不写作就会使我产生一种很深的罪恶与可耻的感觉，况且晴空之下，心灵激荡，倘若不从笔尖流泻出一些东西化为死的文字，那么那些活的东西就会把我的心当成欢宴的会所，或者你死我活的战场，哪里会有片刻的安宁？"

6
文体

这些文章大都写于三十多年前，作者那时还在读书，也已经开始了他的写作。放在当时的情景中，还看不出他未来的样子，也不知道这些文章该怎样看待——某种特殊类型的虚构写作？热爱文学的年轻人放肆的幻想？还是不满足于任何文体的尝试？

在这些文章里，我们会看到作者对经典的熟稔。《秋夜》《伤逝》是不是让人想起鲁迅？《城堡》不正是卡夫卡小说的标题？《投江》有没有点屈原的影子？《每天》树梢上行走的会不会是卡尔维诺"树上的男爵"？《阴谋》那连篇的逗号受到过福克纳的影响吗？这批文章总体上的梦想特征，不难辨认出作者喜爱的博尔赫斯的身影吧？不过，进入文章的经典都经过了变形和置换,其中的情感和心事切实地属于作者自己。

结合着混沌的感受和清晰的判断,作者在世界之中认识世界。他意识到对错误的愤怒能够把人迷住,他看得出人想到累就容易变得越累,他察觉到太多狂喜人的身心无法承受,他留意到不健康的样子里面也在成长,他知道"要活在这个世上,就必须学会忍受蹩脚的事"。

特别的情感、经验、思考,无法用通常的方式表达,就不得不尝试新的文体——对自身性情的展示,对周遭事物的判断,对经历的生活的反思,或许只能用这样的方式表达。不妨像作者那样,把这种文体称为随笔:"随笔应该是习惯于沉默的人开口说话,他的表达笨拙,怯生,时断时续,他为表达不了时代和现实而自惭形秽,同时也为表达不好自己而心生懊恼。随笔是一种表达不好却不放弃表达的努力,是一种个人的形式。"

7

种子

读这些文章,我们慢慢认出了作者。他喜欢待在角落里而不是置身舞台中心,他习惯平静地观看世间的云起云落而不是戏剧化任何事件,他更愿意默察自己内心的起伏而不是追逐身外的热闹。

现在，我更愿意将这些文章看成萌芽的种子，虽然还没长得足够大，却已经包含了作者后来的样子。那些独特的观察和思考方式，我们将在他后来的文章里经常看到，种子默默长成了葱郁的树木。

最后，来读一段梭罗的话吧，种子的信仰——

我不相信，

没有种子，

植物也能发芽，

我心中有对种子的信仰。

让我相信你有一颗种子，

我等待着奇迹。

图书在版编目（CIP）数据

迷失者的行踪 / 张新颖著. -- 上海：上海文艺出版社, 2025. -- ISBN 978-7-5321-9317-2

Ⅰ. I267.1

中国国家版本馆CIP数据核字第2025K25J67号

策 划 人：李伟长
特约策划：黄德海
责任编辑：胡曦露
封面设计：人马艺术设计·储平

书　　名：迷失者的行踪
作　　者：张新颖
出　　版：上海世纪出版集团　上海文艺出版社
地　　址：上海市闵行区号景路159弄A座2楼 201101
发　　行：上海文艺出版社发行中心
　　　　　上海市闵行区号景路159弄A座2楼206室 201101 www.ewen.co
印　　刷：上海盛通时代印刷有限公司
开　　本：787×1092 1/32
印　　张：7
插　　页：5
字　　数：37,000
印　　次：2025年7月第1版 2025年7月第1次印刷
I S B N：978-7-5321-9317-2/I.7309
定　　价：59.00元
告 读 者：如发现本书有质量问题请与印刷厂质量科联系　T:021-379100